詩集

七月

伊藤信一

土曜美術社出版販売

詩集　七月＊目次

Ⅰ

Ⅱ

詩集　七月

I

少年

風鈴が鳴るたびに浅い眠りから目覚める
私はゆらゆらと未来にぶらさがって
夏のぬるい風の中で揺れていた
世界はたたまれたままのハンカチ
そのまま手をふいたり
汗をぬぐったりもしたが

ロビンソン・クルーソーの絵本ばかり毎日ながめていた
四つ足の透明な獣が列をなして廊下を走り抜けた

突然照明がすべて点灯し
役者たちが舞台の袖から
緊張を解いて手をふりながらにこやかに登場する
ここで芝居は終わってしまうのか
私の二の腕の傷口は
開いたハンカチできつくしばられていた

懐かしい私の未来が
まもなく透明な獣にまたがってやってくる
孤島の小学校の校庭の土の中には
たくさんのハンカチが
生乾きのまま埋められている
あなたが見てきた私の未来を
勝手に耳元でささやくな

五月

振り返ったセミロングの髪の先が
きれいな弧を描いた
キャッチャーインザライ[*1]というから
野球の話を始めるのかと思っていた
新しい僕のノートの罫線には
かどを下向きにした小粒な三角形が
それぞれの傾斜で突き刺さっていた

何かに干渉される可能性から距離をとろうとすると

世界は青白い水槽の中だった
背びれや尾びれをつけた三角形の魚たちが
向こうからゆったりと泳いできて
表情を殺し僕の体の脇を通り過ぎる
時にはかどにひっかかり
互いのうろこが一枚はがれたりした

レーモン・ラディゲ[*2]を語ることばに視線が集まる
あいつの瀟洒な身のこなしや笑顔を
僕はどこかでうまく真似ようとしていた
手にとがった図形を握りしめながら

彼女も彼も僕の前から姿を消し
すっかり色あせたライ麦畑と舞踏会があるばかり

水色の表紙をつけた手書きの同人誌に載っていた
やさしいと人がいう幾何問題がまだ解けない

＊1　『キャッチャー・イン・ザ・ライ』…アメリカの小説家、J・D・サリンジャーの小説。日本名は『ライ麦畑でつかまえて』。
＊2　レーモン・ラディゲ…フランスの小説家。作品に『ドルジェル伯の舞踏会』、『肉体の悪魔』など。

七月

円の中に七月がいる
柔らかい猫がその回りをうろつく

フランス革命暦ジェルミナール七月は
パリ、リュクサンブール公園の草木が
花だらけになる春だったという

女と男が
草いきれの堤防に腰をおろして

かつて自分たちのものだった七月を見ている
猫が白髪頭のすぐ後ろを
足音を消して歩いていく

レモン色の表紙の佛和辭典を君も僕も抱えていた
猫につけるフランス語名前のこと
美しいにせものたちには七月がよく似合った
最後の子音は口に出してはいけない

革命はなかった
しかし（そして）
革命はなかったという言説もなかった

僕は円を描くのにコンパスを使わなくなった

七月は少しゆがんで
どうしてもヒチガツと発音してしまう
透明な猫が足を引きずって通りすぎる

用水路

幅二メートルの用水路を
口いっぱいの水が流れていく

ちぎりとった名も知らない葉っぱを投げ込んで
そのスピードを近所の誰かと競いながら
強がったり負け惜しみをいったりして
そして一人になると急にトボトボした学校帰り
「別の僕」が通うはずだったその小学校が
防風林の向こうで水しぶきをあげている

問答無用の口いっぱいの水

――どうしてそんなにたちいったことをきくの
リンカク線の弱い君の横顔
ああ、真剣な答えがほしいわけではなかった
何かそれらしくつぶやいてくれれば
そのことばじりをにぎりしめたまま
あいまいにうなずいて引き下がることもできたのだった

夏の終わりの激しい雨
用水路は何度も枝分かれし
右へ左へと逃げてゆく
そのたび「別の僕」を何人か出現させて

たたきつける雨の平野の真ん中で
どこかに流れてしまった「君の家」をさがしあてられない僕の車は
土手につまずいて横転して
用水路に鼻先を突っ込んで
「別の僕」をまた一度に十人ほど吐き出して
それでもまだこの濡れた一日の息の根はとめられない

用水路から見え隠れする片足
が遠ざかる速さ

境界

木橋がコンクリート橋にかけかえられたので
川面が見えても震えずに渡りきれたのに
その先の里山へ続く道を
一人で歩いて行くことはできなかった

切り取り線の上と下
透明なミシン目
切り離してしまえば
縁はひっそりと切れてしまう

今日の日付を書き込む白い手が止まる

あの学校が好きだったのは
教室の窓から遠く高架を走る電車が見えるから
繊細ではない鉄のレールが
行ったことのない大きな街や存在も知らない小さな漁村に続いて
　いると思うだけで
ノートの数式もスキップした
窓さえ開いていれば
その日の風向きと湿度が
枕木の奏でるリズムと音色で感じ取れた
三時間も同じ座席に座ったままだから
越えてはならない境界をいくつか越えてしまっているはずだ

握りしめたままの紙切れ一枚
ずっと帽子を深くかぶったままのあなたが
別人にすり替わっていることにわたしは気づいていた
特急電車がまた鉄橋にさしかかった

十二月

街路樹の落とす生乾きの手のひら
そそくさと沈んでいく溶けたチーズの夕日
ラヴェルのボレロが終わってしまう
風が記憶の箱庭を迷走する

不意に
手のひらに左の足首をつかまれる
つまずいたわたしの口癖は「人生の主役になる」だった
ビールの泡が匂う冷えた闇

首にからみつくマフラーのどんよりとした肌ざわり
閉じ込められた十二月
手のひらの爪あと
アスファルトにこすりつけられたあと
字幕を黙って書きかえていたわたし
主役も脇役も同じことにしてしまって
捻挫がいつまでも治らないから立ったままのくらしが続く

閉じ込められた十二月
字幕が足元に流れ落ちる
口に氷を含んだ女のとがった吐息
本棚からはみ出していた絵本に
押し花のように少年がはさまっていた

閉じ込められた十二月
借金苦の第二バイオリンの失踪が
しつこくくり返されたアンコール終了直後だったように
駅前に乗り捨てられた自転車の周囲を右に流れ左に流れ
次第に汚れていく手のひらであるわたしは

きっとあの日あの左の足首をつかんだ
上書保存しないでデータを大気中に吐き出し
このつるっとした白いキューブの中は低温注意報
きっとあの日あの足首をつかんだ
この手のひら

詩の冬

視野を覆いつくした光景にたじろいだ
秋刀魚の骨に似た列島を浮遊する年輪じみた低気圧
生まれてきた儀式として今日であっても顔を洗う

まぶたを閉じた自分の顔が見えてくる
冷たい女の素肌がよみがえる
目を覚ましたことばたちが吐いた白い息

紙コップの酒を片手に女の生涯を語るそれぞれの話はどこまでも

ちぐはぐで

手持ちの誕生日がいやに多かった冬の女だから
毛糸の帽子に隠れた耳にも聞こえる程度に
しめやかにハッピーバースデーを歌おう

ほつれてとび出していた糸を引っ張ってみる
かじかむ金属細胞の指先
詩に使ってはいけないことばが日替わりで決まっている

置きざりにされた車の中で鼻をかんでいるのは
うっすらとしたリンカクだけのあの女
糸はスーッと抵抗なく長く抜ける
車体が細かく震え始めた

化粧された高台の墓地の吹きだまりは砂糖のかたまり
歳の数だけ線香を立ててやろうか
バサッと音がして
背中で枝が跳ね上がった

お前はまだうろたえている
上弦の月が中空に姿を現してますます神妙な晩になる
お前の詩はいつまでたっても「既読」にならない

峠道のドン・キホーテ

やせたろばをなだめすかし
すべる赤土に難儀しながら
たどり着いた峠道は
梅雨霧に閉ざされていた

時々乳白色の闇から姿を現し
問わず語りに
自分のことばかりしゃべって
話の佳境で突然消えてしまう人の影たち

そろそろ峠のあちら側、狂気の斜面へ足を踏み入れようか
生きてきたそれなりに長い年月を
霧の中に石を積んで置いていく
ネコジャラシも水滴にまみれている

谷川の水音をたよりにひたすら下れば
霧は薄らぎ鳥の鳴き声もやかましい
湿った甲冑を脱いだりはしない
今宵の飼い葉もなく
従者も梅雨明けも行方知れず

Ⅱ

始まる

郵便ポストにしがみつき
自動販売機をなめ回した
物事が
どうして始まっていくのかわからない
が
それは始まる

白いラインの上に
張り裂けんばかりに指を開いた手を置き

しっとりとしゃがみ込む
神のため息に
腰が上がり息が止まる
ピストル音は響かない
からだは唐突にすぐ前の空間に投げ出される
朝日が斜めに差し込んでまぶしい
歓喜の歌がアンツーカーの上で加速する

郵便ポストの口からそっと顔を出す
制御されている信号機は
オマエがいるかぎり永遠に同じ色
オマエの位置情報を
人工衛星が心配顔でささやく
自動販売機のつり銭口に

リズムよく落ちてくる三枚目の硬貨たるオマエ

浮き上がり
やがてからだは次第にほどけていく
透明なトンボの
さらさらと風に濡れる影ぼうし
始まった物事は
終わらない

前橋市紅雲町の柿本人麻呂はビオラを演奏するのか

東《ひむがし》の野にかぎろひの立つ見えてかへりみすれば月かたぶきぬ
柿本人麻呂　『万葉集』より

奥山の岩垣《いはがき》沼の水隠《みごも》りに恋ひや渡らん逢ふよしをなみ
紅雲町厳島神社（人丸さま）の歌碑　『拾遺和歌集』より

その二本の木は
確かに高過ぎる
僕の視線はこの小さな社の前で
いつも上下運動を繰り返してきた

今晩は満月だというのに
この一角は墨をこぼしたような闇だ
演奏会は見えない音で始まっている

紅雲町二丁目の人丸さまがバイオリンを弾いているといううわさ
その旋律に寄り添って
柿本人麻呂がビオラを奏でているというデマ
社をめぐる水路は
終夜小さく激しい流れが続く
「逢ふよしをなみ」

風の国の風の音が
不意に二本の大きな指揮棒を揺らし
主題が何度か繰り返される

「逢ふよしをなみ」

新聞配達のバイクのエンジン音が主旋律にからんでくると
第四楽章が静かに幕を閉じる
今日も女子校のグラウンド側から朝が来て
しらじらと明けてゆく
市街地の空

シュークリームレアリスム

穴があく
潮が満ちる
レコードの上に降りてくる
キュッとつぶやいて黒い回転に飲み込まれていく針の弾性
かすかにうねる時間は箱庭の中の輪廻だ
その旋律はまだやってこない
西日がカーテンの柄を明るく浮き上がらせている
その人はしゅうとめから受け継いだと
ぬかみそのにおいがしてこないぬか床を

いやに熱心に見せてくれる

強い水が見たい
欄干の木目の肌ざわり
髪が頬をたたく
肩にまとわりつく
首にからみつく
三百年前のあの晩
あなたはとうとう姿を見せなかった
二十日の月が
一晩中よどみに映っていた

波の音の映像
口の中に残っている梅干しの種が捨てられない

若いスポーツ選手の突然の引退会見を
あらかじめわかっていてひどく驚いている自分がおかしくて
頬の筋肉が緩むのを感じている
欠けた種の細かい破片が舌にいすわって
潮騒に集中できない
そのユニフォーム姿の若者もマイクの前で笑っている

カスタードクリームがシューからはみ出す
タプッとしたクリームにふれる指先がひんやりする
回転するレコードに自分の時間をすり合わせる
月を宿すような弱い水ではない
わたしが身ごもるのは
ボールペンが手から滑り落ち
床で音をたてる

潮が引く
とがったペン先でまた
穴があく

硬貨

昭和の看板朽ちていく食堂
小銭がレジの前でこぼれ落ちるが
後ろに並ぶジーンズの細い足、視野の隅にかかり
かえって拾うのに手間取る昼下がり

最近この部屋の明かり暗くなったね
だがラジオのボリューム上げれば
早世しなかった方のロックボーカリストが
四十年前と似た声で歌っている

頭にシャワーを浴びると
記憶も人生もとんでしまう
さっきリンスは使ったかしら
今日結論を先送りしたことは何？

自分がいない四十年後のことを
どれだけ美しく想像できるか
風呂場に差し込む弱々しい夕日
俺は何かに試されているか

ベルギー産ビールを瓶から直接飲む若者を前に
座り心地の悪い小さめの椅子
再開発ビルの工事の振動が

路地裏のカフェの白いテーブルを小刻みに揺らしている

歩いてきた道は引き返さないと
あの日確かに口にしたよな
四十年前の俺が
偉そうに話しかけてくる

紙の音

毎日一部ずつ積みあがってきた新聞を
静かに
ひと思いに
読んでいる

時々紙がたてる乾いた音が
少し遠いところから聞こえてくる

ほったらかしにしてきた時間が

たれ流しにしてきた世間の過去が
カサカサ音をたてる
大きな紙を埋め尽くした微粒子の不規則運動
僕はせきたてられているらしいが
日ざしはずいぶんと傾いてきた

桜の開花予想日のずれ具合
ひからびた通り魔殺人事件第一報の不用意に昂揚した調子
ちょうどひと月前の日付けが目にとび込んでくる
周回遅れの長距離ランナーだね
それでもとぼとぼ走り続けている僕には
ほら
透明な陸上競技場のまばらな観客が
不真面目な拍手を送ってくれているよ

月替わりで違った新聞をとっていた学生時代に
僕は宇宙の心臓の生成をニュースで読んだ
今では
新聞の国は逃げ遅れることのできない火事場
文字の山脈ひとつがテーブルの上で地すべりをおこす

紙がたてる乾いた音が少し遠いところから聞こえてくる

ほら
自分のおくやみ記事を
見つけた

ドア

最初のドアは
ノブが右側で手前引き

読めないように空気を遮断する
バイオリンとあごの間の布きれや
ピアニストの頬を伝う汗ばかり聴いていた
動脈に氷をあてよ
全身をかけめぐる血液をキンキンに冷却せよ

次のドアは
ノブは左側、押して開く

言い間違ったことばの背中に浮かび上がる刺青
額縁の金色細工の盛り上がり具合や
カンバスの端のサインばかり見ていた
昼下がりの海を抱え込んで
ゆるく伸びをせよ

その次のドアには
左右にノブが付いていた

こぶしを突き上げる総立ちの観衆
患者を搬送するために

停止信号は突破しなくてはならない
赤いランプをつけた白い車がドアを勢いよく突き破る悲しい姿を
私は忘れない

最後のドアにノブはなかった

点滴が終わる
カテーテルの届かない場所で
いきがらない練習をするよ
さよなら

ピアノ

ジャズピアノのこちら側に
かすかな食事の音と話し声が刻印されたアルバム
ピアノもベースもドラムも客も
恐らく一人残らず今や鬼籍の人

グラスに満たされたさざ波のワイン
しわ一つない純白のテーブルクロス
充満する煙草の煙をついて
黄色みがかった照明に音の粒が浮かび上がる

二十世紀が完全に姿を消した壁のないレストランで
時おり吹く風に揺れて映像がフラッシュバックする
もはや全身は柔らかな耳だ
そして顔じゅう隠微な舌になる

ソースがこびりついた食後の皿の上
不用意に放置された
食欲と性欲の隠喩としての
からみ合うナイフとフォーク

あたたまった食器はこすれ合う
棚に積み上げられて冷えた皿とは違う少しくぐもった音
両手の指の腹に味蕾《みらい》をたくわえたシェフとして
僕は今宵、あの世のキッチンでピアノを弾く

捕虫網

人気のない庫裡に
捕虫網を立てかける
なったままのトマトに
そのままかじりついたドラキュラの口もと
蚊柱の立つ墓場の奥で
酒盛りが始まる気配がする

かなかなが鳴きやまない悠久の夕暮れ
膝頭が乳房にあたる

建て替えられた本堂には近づかない
泥で汚れた麦わら帽子
さっき網で集めておいた長い黒髪の束

この世で
少女だったことは
なかった

Ⅲ

メニューのない兎の居酒屋

うっかり迷い込んだお客さん
ここは注文の少ない居酒屋です
途方にくれる自由を肴に
ままならぬ思いをグビグビやりながら
すべての眠れない夜や
早く目覚め過ぎてしまった朝のために
時計の針をはずしてしまったのです

こぼれた酒がほどよくしみ込んだカウンターを

広げた手のひらで右から左になでてみる
毒の薄い妖怪と少し粉のふいた妖精にしかうまく開けられない
入り口のひしゃげた引き戸
フロイトの実験室を移築した
赤い壁に囲まれたトイレ

日本酒はエキタイサンソとナキタイパンセ
突き出しは、亀の手、セイヨウタンポポ、兎の耳
メニューがないんだから何でも注文できるんだ
ほんとうは遠慮しなくていい、そう何でも
明日のない今日でも

発表するあてのない小説を三十五年間書き続けていた店主のもとに
年の瀬押し詰まるある夕方突然締切が舞い降りた

夜な夜な続いた兎の祝言は今宵をもってお開きとなりました
兎狩りに逢わぬよう
皆様お気をつけてお帰りください

＊　文中に宮澤賢治の作品名をもじった表現がある。

無言劇

左折して坂を下ってくる一台一台に
秋の夕日がスポットライトをあてていく
背の低い街路樹の先の交差点を見上げて
坂の途中で僕の足は止まってしまう

まぶしそうに目を細める女や
顔をしかめる男
片手をかざして日をさえぎろうとする年配のドライバーと
台本を無視して表情一つ変えない若者

老夫婦がニコニコ互いに何かつぶやき合っている運転席と助手席
若い男女はどちらかが一方的にセリフを棒読みしている
大人がハンドルを握っている隣で
一様にむっつり押し黙っている子どもたち

色付かない街路樹のわきの立ち見席で見られているとも知らず
ステージ上で一瞬輝いて
すぐにみんな
坂の下に落ちていく

スポットライトがフェードアウトする
街路樹が黒ずみ始める
もう落下する車の中はおぼろげなシルエットだけ

僕は手の中の劇場チケットを握りしめ
闇の中で少しだけ途方にくれる

さて
坂を上るか
下るか

迷路画きの後悔

出口の喧噪を目前にして
いかにも抜けられそうな道が
最後の最後に閉ざされて
行き場を失ってしまう
という
筋書きにとらわれすぎた

分かれ道が来るたびに
つむじの上からひばりの声がする

たどりつける唯一の経路を
できるだけ長く美しくとりたいという
下心が
この道を、王様の凱旋道路にしてしまった
ファンファーレが鳴り響く

空が
雲が
迷い人を嘲笑する

きれいにだますのは
だましではない
汚い手段を含まなければ

だまされたという落下を味わえないから
非難も罵倒も糾弾もデモもじたばたも後悔も
してもらえないから

のっぺりとした高い壁に突きあたってあっさりUターンして
すぐ手前の分岐でもう一つの道を選び直せば脱出
なんて迷路は迷路画きの恥

黙って途方に暮れながら
迷路は続く
ひばりがささやく

漢文教室クロニクル

漢文教室にもペットボトルや動画配信サイトはありますか？
——いはんや汝《なんぢ》をや
雑踏を定点観測するカフェの窓際の席で
漢文もしなやかに興奮を誘い
二杯目のミルクティーとともにつまれます

とりすまして語られる未来に
若い自分の姿を書き込め
と

——人をして綴らしめる
薄暗い冬の日

「分」の字のところでボールペンが反逆する
反語好きな人を反語人と呼び
再読文字を忘れる人を個人という

漢字と漢字の間で華麗にパス回しして
ディフェンスの置き字見つけてシュートに持ち込むのだが
コーナーキックが最大のチャンスで
ゴール前の画数の密集が時に思いを反転させる
——いづくんぞ蹴球《サッカー》ならんや
老教師には次第に小さくなる送り仮名
指の隙間からぽろぽろこぼれていく

窓の外では黄色い夢がすっかり覚めて
素っ裸の銀杏並木がおどおどしている
自分の顔を映し続ける動画がまた再生された
ただ、君のそばかすはすてきだ
ミルクティーもう一杯おかわりしましょう

冬の日ざしが隠れると
古い校舎はきしきし音を立てます
――また漢文教室ならずや

と

雨の土曜の夜

昼過ぎから降り出した雨がすっかり本降りの土曜は
カウンターの一人酒にうってつけの夜
どの店にも少し力の抜けたママやマスターがいて
陰気な一人客を静かに抱え込んでくれる

おやじさん
草野球も中止だから
今晩はそんなに焼き鳥でやしないよ
一本つけてあとキュウリとワカメの酢の物ね

カウンターがふだんより広くって
見晴らしがいいじゃねえか
黙って雑誌読んでるカウンターの反対側で
いじっているケータイの画面だって
のぞかれて困るようなもんじゃないんだろう

この雨じゃピーナッツもアーモンドもカシッといかなそうな気がする
マティーニやマンハッタンなんか今夜は誰も頼まないよ
グラス曇らせないように夜にもう一枚幕を張っておいてよ
ゆるいビールのゆっくりした泡立ちにあう曲は何かあるかい

表通りの自転車屋やめるんだって

建物壊したあと地どうするか聞いてるかい

そんなことはどうでもいいから　どうでもよくはないのだ
優勝が決まった翌日の消化試合だからつまらないみたいな理屈は
あってもいいが
なくてもいい
カウンターに肘をついていると
小学校の鉄棒思い出すのは俺だけか

金使わない客で悪いね
ああ傘は持ってる
最初から歩いて帰るつもりだから
じゃあ、また

「じゃあ、また」が次の陰気な雨の土曜日だとすると
それまでに季節はグルグル変わってしまうだろう
ズボンの裾が泣いてるみたいに濡れてくる

夏

教室の南向きの窓の前で
女子学生と男子学生が
座敷ボウキを動かしながら
静かに何か話している
梅雨明け前夜　かんしゃく持ちの雷鳴
昨日と同じ話を入れたくないから
欠けた消しゴムを耳栓代わりにつめておく

あばれる日ざしに

手続きは省かれて
今日も夏の朝がそこに腰かけている
背中を向けて

長い長いだらだら続いた登りの後
一度ゆっくりと下って気温が低くなり
石造りの小橋を渡って右へ大きく折れれば
山のうらぶれた気配が急に濃くなる
逆方向から歩いてくると同じ道とは思えない
毎日生まれ、消えていく景色を追いかけない

——そこどいとくれ　あんた
濁った押し問答の先に
見事なできばえの夏の一日が

今度はおとなしく正座している
畳の上に素足で

初めての有明海の水際
漁師が浜に上がってくる朝の海原
昼下がりの潮のひいた泥の海
ステンレスのことばには餌付けされない

真夏の線香のにおい
背たけを越えたらあの世に持ち越す草むしり
小便器が欠けている
ビールグラスの中
ピンク色の盆おくりの提灯が
沈んでいる

スマートフォンの画面にヒビが入る
少しはみ出した映像が鮮度の落ちた感傷と二重写しになる

日焼け止めを塗るのが好きな君たちが
笑う
笑う
夏がこわれる　こわれろ

恩寵ということばに
やさしくリボンが結んである
きちんと足をそろえて
何かを待っている時計の針
丸い小さな気泡が

ゆっくり立ちのぼっていく
夏の周囲を

夏よ
かつて君が世界を肯定せよと耳打ちしてきたから
目の前にそそり立つ白い壁の下を
熱に浮かされながら今もこうやって歩き続けているんだ

ビールをゆっくり口に含んで
少しずつ飲み下した
さて、この時計に
針をもう二、三本取り付けてやろう
夏ということばを何度も書き込むしあわせ

天国にも地獄にも少し近くて

真夏の魚

水声であいさつする魚座の少年
これから入る着ぐるみで
たくさんの人を楽しませる
しぐさマニュアルはホテルに忘れてきた
魚だった時代の記憶はホースの水で洗い流されて
もはや血のにおいもしなくなった

スイミングスクールで解剖学を学ぶ水着姿の魚たち
たくさんの楽しいことが

僕の手の中で激しく尾をふるわせる
銀のウロコのまばゆい乱反射
メドレーリレーのスタートチャイムが鳴り
並んだゼロが動き始める

乳母車を墓地で押す女が出てくる小説
魚の夢から夢の魚へ
真夏の乳母車からわずかに顔をのぞかせていたのは
汗まみれの子どもの魚
丸い瞳には青い空と白い雲が映っている
たくさんの楽しい未来も

なまぐさい紙になまぐさい魚が遡上する
すれ違う若い素足の女たちは

肩をむき出しにして風を切る
時間の底が抜け落ちた午前十時の魚市場
僕はたくさんの楽しいことのしっぽのほうで
鯖の燻製にかけられたオリーブオイルをなめる

書きとめる朝

駅に近づいた新幹線が減速する
その音が夏の朝の窓から流れ込む
壊れかけた夢
の輪郭を記録するための
今朝も書かれなかった枕元のノート

小川をのぞき込んだひょうしに
逆さに口を開けたランドセルの中身がすべり落ちる
浅い川底に沈む教科書の

表紙の文字はくっきりと読み取れた
今、地球の反対側を
記憶を失ったまま無言で吹いているらしい
あのランドセルで切った六年間分の風

トーストの上でバターが溶けていく
次の列車の減速音がまた風に運ばれてくる
駅でプスッと開くドア
車内から高架ホームに流れ出す遠い街の早朝の空気

僕は今朝の夢のために空けておいたノートのスペースに
思いついた遠い地名のいくつかをなぐり書きする
それぞれの土地で
書きとめるための朝がもうとっくに始まっている

あとがき

記憶は夏に生まれ、夏に失われる。

「たしかに六十年前ここへ上がった記憶がありますから」
「記憶と言うてもな、映る筈もない遠すぎるものを映しもすれば、それを近いもののように見せもすれば、幻の眼鏡のようなものやさかいに」
「しかしもし、清顯君がはじめからいなかったとすれば」と本多は雲霧の中をさまよう心地がして、今ここで門跡と会っていることも半ば夢のように思われてきて、あたかも漆の盆の上に吐きかけた息の曇りがみるみる消え去ってゆくように失われていく自分を呼びさまそうと思わず叫んだ。

（中略）

この庭には何もない。記憶もなければ何もないところへ、自分は来てしまったと本多は思った。

庭は夏の日ざかりの日を浴びてしんとしている。……

『天人五衰』三島由紀夫

自分の記憶が、本当にあったことだと自信を持っていえなくなってきたのは、一つには加齢が原因だとしてみて、もっと年をとると、「確かに覚えている、事実だ」と主張したがる場面が増えてくるような予感もある。「記憶」を積み重ねながら「記憶」とともに生きていく人の生の不思議さ。あやふやであいまいな、おびただしいイメージの群れを背負い込んで、うそっぽい人生を生きているわたしたち。『豊饒の海』第四部、死ぬ直前の三島由紀夫が書いたという最終章まで読んできて、この大長編小説だけでなく、いろんなものを「なかったこと」や「あったこと」にしてしまいかねない「記憶」の奇妙さに、呆然とした記憶がある。そして、暑い夏の日中、静寂に包まれた古い寺院で、記憶の溶けていく場面に何度も出くわしていたという思いを振り払うことができなかった。

記憶をもとに書き始めた詩編が、何だかわからないものに変わっていく。夢を見ていたかのような時間。「意識の流れ」がそうさせるのか、憑依でもしているのか、見栄なのか羞恥なのか。いや、ここに収めた作品の大半は「夏」の影響を受けているから、ということにでもしてしまうのが、この詩集らしい。

二〇二〇年の世界で、わたしのこんなノンシャランとした詩のことばは、うつろに響くだろう。だが、新緑はいつもの年と同じく鮮やかで、夏の日ざしは何ごともなかったかのように強い。かつて存在し今は失われた日常をあたりまえのものとして生まれたこれらの作品を、ともかく束にしてみよう。ここに集めたのは、ほとんどが、東日本大震災と感染症禍の間に書き、詩誌「東国」などに発表した作品である。一部を書き替えたものがある。

世界の歩みは以前と異なるだろうか。社会のシステム、人と人との関係性、人のふるまい、人の心のかたちは。人々の記憶は。そして、わたしの記憶は。まともなメッセージであることを執拗に拒み続けるわたしの詩が、それでも読む人の心の中で、希望へとつながっていくものとなることを、祈って。

二〇二〇年初夏

伊藤信一

著者略歴

伊藤信一（いとう・しんいち）

1960年　群馬県生まれ　高崎市在住

詩集『ヒキ肉料理のある午後』（1990年　紙鳶社）
　　『豆腐の白い闇』（2005年　紙鳶社）
　　『藤原定家のランニングシューズ』（2016年　明文書房）

詩集 七《しち》月《がつ》

発行　二〇二〇年八月三一日

著者　伊藤信一
装丁　直井和夫
発行者　高木祐子
発行所　土曜美術社出版販売
〒162-0813　東京都新宿区東五軒町三―一〇
電話　〇三―五二二九―〇七三〇
FAX　〇三―五二二九―〇七三二
振替　〇〇一六〇―九―七五六九〇九
印刷・製本　モリモト印刷

ISBN978-4-8120-2583-3　C0092